作／モーリス・ルブラン

編著／二階堂黎人　絵／清瀬のどか

Gakken

冒険物語だ！

事件ナビ
この本に出てくる事件をしょうかいしよう！

ふふふ……。
ぼくは、フランス、いや
世界じゅうで有名な大どろぼう、怪盗ルパンだ。
この本は、なぞめいた大金持ちのレニーヌ公爵と、
オルスタンスという女の子がふしぎな事件を
解決する物語なのさ。

レニーヌ公爵

頭がよく、運動神経もばつぐん

紳士らしい、きれいな服装

やさしくて、礼ぎ正しい

レニーヌ公爵の正体は……、じつは、あの怪盗紳士!?

フランス人の大金持ち。探偵をしゅみとしていて、ずばぬけた推理で事件を解決する。

今回は、ぼく
ルパンが知っている**とびきりの**

12歳の少女。両親を亡くし、ひとりぼっちになったが、
レニーヌ公爵と出会って……。

レニーヌ公爵の正体が、
ぼくルパンかって？
それは秘密さ。

事件は、この海岸
フレデリック
殺人を計画している男
WANTED!
黒髪で、細い口ひげ。
灰色の帽子に、
灰色の服を着ているらしい。
ドアが開かない！
この中で、殺人!?
レニーヌ公爵、ドアをけやぶる！
着がえ小屋

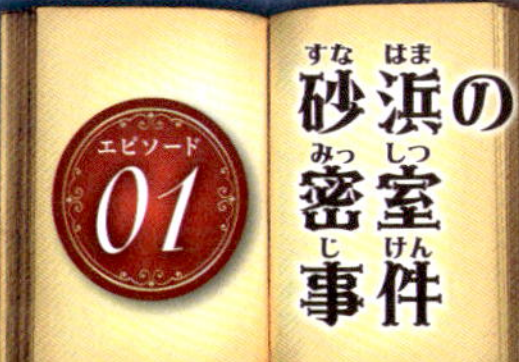

きれいな海を目の前に、思わず笑顔になるオルスタンスだったが——。

この海岸のどこかに、殺人を計画する人物がいた!

エピソード 01

砂浜の密室事件

のどかな海岸で、この中の一人が殺されてしまう!

人物しょうかい

ダンブルバル氏

会社の社長。
おこるとあばれる!?

テレーズ夫人

ダンブルバル氏の妻。
だれかにおびえている

ルネ

レニーヌ公爵の知人。
事件が起こりそうだと知らせる。

ジェルメーヌ

ダンブルバル氏の秘書。
ひかえめそうな人物。

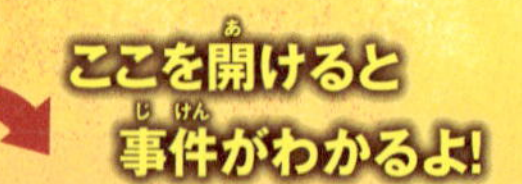

怪盗アルセーヌ・ルパン「少女オルスタンス

2つの物語の場所は、どんなところかな。
地図と写真で、しょうかいしよう。

※地図や写真は、現代のものです。

リゾート地として人気の、エトルタ。切りたったがけと砂浜がつづき、その美しさは世界的に有名。多くの画家の作品にもなっている。

フランスの内陸部は、アルプス山脈もあり、冬は雪がとても多い地域。夏でも、エトルタなどの海ぞいとくらべて、寒い。

エトルタにある、先のとがった大きな岩は、「エギーユ・クルーズ」(針岩)とよばれ、ルパンシリーズ「奇岩城」の物語にも登場。

もくじ

エピソード01 砂浜の密室事件

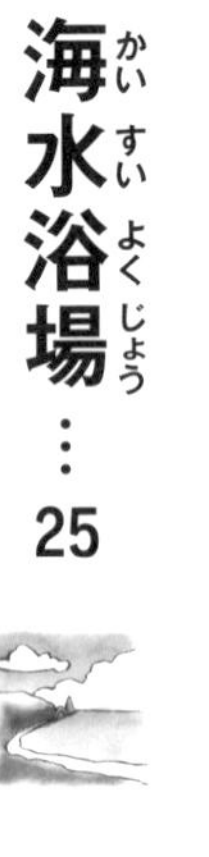

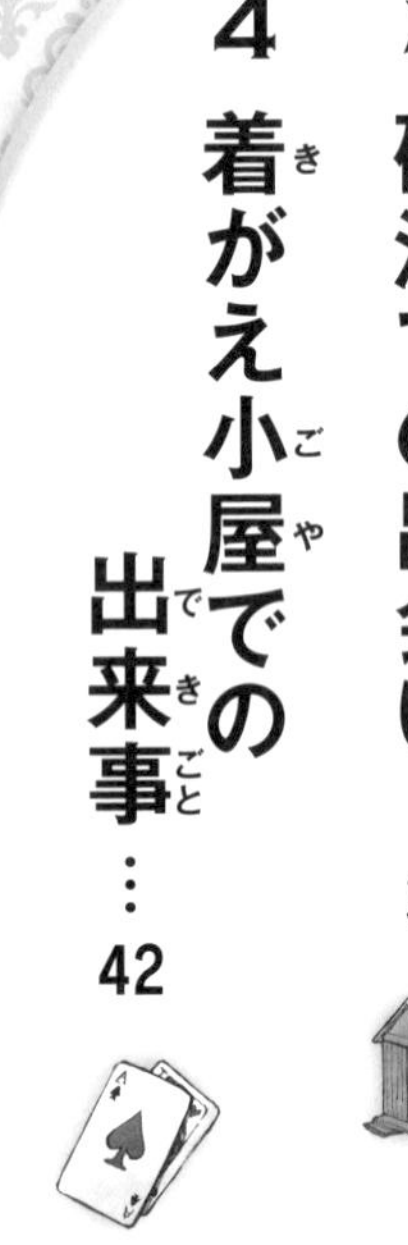

雪の上の足あと

※この本では、児童向けに、一部登場人物の設定やエピソードを変更しています。

プロローグ

これは、わたしモーリス・ルブランが、親友のアルセーヌ・ルパンから聞いた、冒険話です。

ルパンとは、そう、大金やごうかな宝石をどんなところからでも、らくらくとぬすむ、あの有名な怪盗です。

ルパンによると、かれの友人であるレニーヌ公爵*という人が体験した話らしいのですが、レニーヌ公爵の正体こそ、アルセーヌ・ルパンにちがいないと、ぼくは思っています。変装の名人である、怪盗ルパンなら、レニーヌ公爵になりきることなど、かんたんだからです。

*公爵…貴族の位の一つ。爵位をもつ身分で最上位。「公」ともいう。

「ほんとうは、きみが、レニーヌ公爵なんだろう、ルパン。」

と、ぼくがたずねても、ルパンは、にやにやわらっているだけなのですが……。

*真相をどう考えるかは、読者のみなさんにおまかせしましょう。


*真相…ほんとうのようすや、ないよう。

エピソード
01

砂浜の密室事件

1 レニーヌ公爵との出会い

オルスタンスは十二歳になったばかりです。もえるような赤毛に、大きな目をした、元気な女の子です。

そんなオルスタンスは、半年前、悲しみのそこにいました。かのじょの両親が、事故で亡くなったのです。それに、たよれる親せきもいません。これから先、どうしたらよいかと、とほうにくれていたのです。*

すると、葬式に、レニーヌ公爵と名のる人が、やってきました。わかいけれど、落ちついたふんい気があります。はじめて会うのに、オルスタンスは、なぜか親しみを感じました。

*とほうにくれる…どうしてよいか、わからなくなってこまる。

「はじめまして、オルスタンス。ぼくは、子どものころ、かなり苦しい生活をしていたんだ。そんなときに、きみのお父さんが助けてくれた。だから、今度はぼくが、きみを助けようと思う。*1ニースという場所に*2寄宿学校があるから、きみはそこでくらしながら、勉強をすればい
い。きみが大人になるまで、ぼくがめんどうをみるからね。」

レニーヌ公爵は、そうほほえむと、オルスタンスが学校に行けるように、世話をしてくれました。

「レニーヌさんは、どんな仕事をしているんですか。」

オルスタンスは、たずねました。身なりを見れば、かれが金持ちだということはわかります。

「ぼくは、美術品や、古いお城を売ったり買ったりしている。それから、

旅をしたり、ふしぎな事件のなぞ解きをしたりするんだ。」

「まあ、名探偵みたい！」

おどろいたオルスタンスは、大きな目を見開きました。

「うん。こまっている人の役に立てばうれしいし、事件を解決できると、自分もすごく気持ちがいいからね。」

レニーヌ公爵がほほえみながらいった言葉に、オルスタンスは、心をときめかせました。

じつは、オルスタンスには、ゆめがありました。それは、探偵になることです。かのじょは、小さなころから本が大すきで、たくさん読んでいました。とくに名探偵が活やくする話が、すきだったのです。

「レニーヌさん。わたしも大人になったら、探偵になって、すごい推理

*1ニース…フランスの南東部にあり、地中海に面した美しい景色の観光都市。

*2寄宿学校…勉強だけでなく、みんなで生活をする宿舎がある学校。

をして、事件を解決したいんです。

あのイギリスの名探偵、ハーロック・ショームズみたいに。

それから、ヨーロッパじゅうで有名な、あの怪盗紳士の、ルパンも大すきなんです。ルパンは、大どろぼうだけれど、でも、いい人や、まずしい人をねらわないわ。すごく頭がよくて、そして、やさしい人なんだと思います。」

「ははは。でも、名探偵になるには、しっかり勉強をしなければならないよ。世の中のことを、いろいろと知っていないといけないからね。」

「はい、ちゃんと勉強します。でも、その代わり、わたしを探偵の助手にしてください。」

「わかった。じゃあ、夏休みになったら、事件を解決しに出かけよう。」

と、レニーヌ公爵は、にこりとわらいながら、約束してくれたのです。

そして、夏休みになり、レニーヌ公爵が、やってきました。

「オルスタンス、これからエトルタ[*1]へ出かけるが、行くかい。」

エトルタは、フランスの北部のノルマンディー[*2]地方にある、美しい町です。オルスタンスも、一度は行ってみたいと思っていました。

「向こうに、ルネというぼくの知り合いがいて、何か事件が起きそうだと、知らせてきた。できれば、それが起きる前にふせぎたいと思っている。」

というレニーヌ公爵の目は、するどく光っていました。

＊1エトルタ…フランスの北部にある観光地で、切りたったがけと砂浜が弓形につづく海岸があることで有名。
＊2ノルマンディー…イギリス海峡に面する、フランス北部の地方。

2 海水浴場

「――こんなきれいなところ、はじめて見たわ！」

エトルタの海を目の前に、オルスタンスは声をはずませました。

青々とした空には、雲一つありません。広い海は、それよりも、もっとこい青色をしています。左側の切りたったがけと、右側にある何けんかのホテルと、それをつなぐ遊歩道とが、三日月形の砂浜をかこっています。

その海岸には、たくさんの人がいて、泳いだり、歩いたりしています。

オルスタンスは、がけのほうを見ながら、いいました。

「レニーヌさん。あそこはたしか、怪盗ルパンのかくれ家だった場所なのでしょう。」

がけのはずれの先に、海から、巨大な岩がするどくつきでていました。先がとがっていて、クリスマスのときにかぶる帽子のように見えます。高さは、二十メートル以上あるでしょう。

「うん、そうさ。このあたりでも、いちばんすばらしい名所だよ。」

レニーヌ公爵が、どこかなつかしそうなまなざしで、そういったときでした。テラスの横の階段を、ホテルのボーイ[*1]の制服を着た青年が、足早に下りてきました。

「レニーヌ公爵、おひさしぶりです。」

青年が、人なつっこい笑顔でいうと、レニーヌ公爵も、にっこりしながら、手を上げました。

「やあ、ルネ。さっそくしょうかいしよう。こちらが、新しくぼくの助手になった、オルスタンスだ。ぼくの、めい[*2]ということにしている。」

「オルスタンスちゃん、はじめまして。ぼくは、この近くのホテルで、はたらいています。」

2　海水浴場

二人は、あく手をしました。オルスタンスは、いよいよ、事件のまくが開くのかしらと、どきどきしました。

「ルネ、ようすをくわしく聞かせてくれ。」

レニーヌ公爵がたずねると、ルネは早口で答えました。

「おとといの八時ごろ、ぼくがロビーにいると、わきにある電話のところに、髪の黒い青年がやってきたのです。

青年は落ちついたようすで電話をかけて、その相手に、二日後――つまり、今日――殺す計画は実行だと、話していました。だれにも聞きとれないような小さな声でしたが、ぼくには、そのくちびるの動きで読みとれました。」

「だれを殺そうとしているかは、わからないんだな。」

＊1ボーイ……ここではレストランやホテルなどで、客の案内をしたり、料理を席に運んだりする男の人。
＊2めい……自分の兄弟や姉妹のむすめ。

「ざんねんながらそれは、わかりませんでしたが、その二人は、今日、この海岸のどこかで、会う約束をしたようでした。」

「まあ、なんとしても、殺人を止めなくてはならないわ！」

オルスタンスが、声を上げました。

レニーヌ公爵は、うでを組みながら、ルネにたずねました。

「その男の名前は、わかるかな。」

「ホテルの受付にあるリストを調べたら、フレデリック・アスタンという名前でした。住所は、パリです。」

「どんなようすの男だ？」

「二十代後半で、黒い髪、細い口ひげを生やしています。灰色の帽子をかぶり、灰色の上着を着ていました。」

「そうか。じゃあ、どこかでそいつを見かけたら、ぼくに教えてくれ、ルネ。」

「はい、そうします。」

ルネは立ちあがり、さっそうと走りさりました。

3 砂浜での出会い

「これから、どうしましょう。」

オルスタンスは、レニーヌ公爵にたずねました。

「まず、黒い髪で口ひげを生やした若者をさがそう。フレデリック・アスタンかもしれない。ほかにも、あやしい人物がいないか、注意して見よう。

かれらが殺そうとしている人物についても、見つけたいが、今のところは、手がかりが何もない。」

「フレデリック・アスタンらしき男がいたら、あとをつける。そうして、

事件を起こす前に、そのじゃまをするわけなのね。」
「そのとおりだ、オルスタンス。助手として合格だ。」
レニーヌ公爵は、やさしくそういいながらも、まわりをさりげなく観察しているのでした。

二人はレストランを出て、浜辺に下りました。

海岸の白い砂が、午後の強い光にてらされ、きらきらと光っていました。近くには、二つの小さな小屋がありました。水着に着がえるための、着がえ小屋でしょう。

その間には、白いテーブルといすがおかれ、四人の若者が、わいわいさわぎながら、トランプをしていました。

水ぎわでは、子どもたちが、波をはねとばしながら、遊んでいます。

「この平和そうな浜辺のどこかに、犯人がひそんでいて、殺人事件を起こそうとしているなんて……。」

オルスタンスがそうつぶやいたとき、ホテルがならんでいるほうから、身なりのよい三人が歩いてきました。

うでを組んだ中年の男女は、夫妻でしょうか。

三人を見やったレニーヌ公爵の顔つきが、急にするどくなったのに、その中の男性が、声をかけてきました。

オルスタンスは、気づきました。

「おたずねしますが、あのがけの先に見えるのが、有名な、ルパ

ンの城ですかな。」

がっしりした体つきに、うすいシャツすがたで、麻の上着を肩にかけています。

妻と思われる、ほっそりした女性は、白いワンピースを着て、日がさをさしています。

その後ろに立っているのは、わかい女性でした。つばの大きな帽子から、金色の髪がのぞいています。ちょっとうつむきかげんで、

ひかえめそうな人です。

レニーヌ公爵は、男性に、ほほえみながら答えました。

「ええ、そうですよ。あれが[*1]奇岩城です。ルパンはあそこに、たくさんの金銀財宝や、最新型の潜水艦をかくしていたとか。」

「あの怪盗の城が見られるとは、楽しみです。――ああ、失礼。わたしはパリから来た、ジャック・ダンブルバルです。横にいるのは、妻のテレーズ。それから、[*2]秘書のジェルメーヌです。どうぞ、よろしく。」

「ぼくは、レニーヌといいます。この子は、めいのオルスタンスです。」

レニーヌ公爵は、ダンブルバル氏とあく手をしました。

すると、テレーズ夫人がやわらかい声で、オルスタンスにいいました。

「よろしくね。ぜひ、わたくしと、友だちになってくださいな。」

「はい、もちろんです。」

オルスタンスは、赤毛をはずませながら、大きくうなずきました。

レニーヌ公爵が、ダンブルバル氏にたずねました。

「みなさんで、あのがけに、散歩に行かれるのですね。」

「ええ、がけの先から、ルパンの城を間近に見たら、はくりょくがあるのではないかと、ジェルメーヌがいうのでね。」

「でしたら、がけでは気をつけてください。あそこの海は波がはげしい上に、かたい岩ばかり。落ちたら、ひとたまりもありませんから。」

レニーヌ公爵がそういうと、ダンブルバル氏は、にこやかにわらいました。

「ありがとう。そうします。」

＊1奇岩城…モーリス・ルブラン原作「アルセーヌ・ルパン」シリーズの物語「奇岩城」に出てくる、ルパンの隠れ家。
＊2秘書…高い地位にいる人や、重要な仕事をする人のそばにいて、仕事を手助けする役目の人。

「ところで、ぼくとオルスタンスは、エトルタ・ホテルにとまっているのですが、あなた方は？」

ダンブルバル氏は、顔を横に向けました。

「そのエトルタ・ホテルの左側の貸別荘をかりています。メイドも、つれてきていますしね。」

「もしよければ、今夜みんなで、ホテルのレストランで食事をしませんか。オルスタンスは、女性方とファッションの話がしたいだろうし、ぼくはスポーツずきのあなたと、ぜひ、ゴルフの話をしたいのです。」

レニーヌ公爵の言葉に、ダンブルバル氏はおどろいた顔になりました。

「わたしがゴルフをすることを、どうしてごぞんじなのかな。」

「ふふふ。日やけしたはだに、あつい胸板。」

また、あく手したときにわかりましたが、手には、クラブをにぎった位置にできる豆も、ありましたからね。」

「おお、レニーヌ公爵。たいした観察力だ。あなたとは、楽しい話ができそうですな。」

「では、午後七時に、レストランで待ちあわせましょう。」

「ええ。それでは、また今夜――。」

そういうと、ダンブルバル氏は、妻とジェルメーヌをつれて、歩きはじめました。しかし、すぐに、テレーズ夫人が立ちどまりました。

「あなた。ごめんなさい。わたくし、やはりこのあたりで待っていますわ。日ざしもきついし、がけへ上がる石段を上れそうにありませんもの。」

「なんだと。おまえも、行くといったじゃないか。」

「でも……。」

「ああ、そうか。わかった。勝手にしろ、テレーズ。」

ダンブルバル氏が、これまでとは別人のように、こわい顔になりました。

テレーズの日がさと、ジェルメーヌのビーズのバッグが、ゆれました。

二人とも、びくっとしたようです。

一気に、ふんい気が悪くなったので、とっさに、オルスタンスがいいました。

「あのう、ダンブルバルさん。だったら、わたしたちが、テレーズさんといっしょに、お茶でも飲んでいます。」

「まあ、すきにしてくれ。」

ふきげんな顔で手をふって、ダンブルバル氏は、歩いて行ってしまいました。そのあとを、ジェルメーヌが、しずかについていきます。

二人の後ろすがたを、レニーヌ公爵が、まゆをひそめて見つめていました。

4 着がえ小屋での出来事

レニーヌ公爵たちが入ったカフェは、少し高いところにあり、テラス席から、浜辺のほとんどが見通せました。飲み物を注文しながらも、レニーヌ公爵は、あたりに目を配っています。オルスタンスもそのまねをして、さりげなく、まわりを見ました。

浜辺を歩くダンブルバル氏とジェルメーヌは、二つある着がえ小屋の間を通るところでした。

トランプをしている若者たちが、二人に声をかけたようです。

「どうです、あなたもやりませんか。」

とでも、いっているのでしょうか。

しかし、ダンブルバル氏は、ことわるといったようすで手をふり、秘書といっしょに遊歩道へ進みました。

道の先には、ごつごつした大きな岩がいくつかあります。二人のすがたが、そのかげに入ったので、テラス席からは見えなくなりました。

「——テレーズさん。ご主人は、どんな仕事をされているんですか。」

オルスタンスが、たずねました。

「わたしは、くわしくはわからないんですが……たくさんのお金をあつかう仕事をしているんですよ。会社の社長なんです。」

「じゃあ、いそがしいんでしょうね。」

「ええ。仕事ばかりで——だから、ひさしぶりの旅行なんですよ。ジェルメーヌが、体のためにも、たまには長い休みを取ったほうがいいと、主人にいってくれたんです。」

「ご主人は、やさしい方なんですか。」

その質問に、テレーズ夫人は、少しこまったような顔をしました。

「あら。さっきの主人のようすを見られてしまいましたわね。やさしい

ときもあるのですが……。」

すると、レニーヌ公爵が、横から声をかけました。

「テレーズさん。ダンブルバル氏は、あなたやまわりの方に、暴力をふるっていますね。それで、あなたは、苦しんでおられる。」

テレーズ夫人は、はっと目を見開き、

「え、ええ……はい……。」

と、うろたえたようにいいます。

レニーヌ公爵が、はげますようにつづけました。

「さっきも、ぼくらがいなかったら、ダンブルバル氏は、こぶしをふりあげていたでしょう。

あなたは、そんな夫に、苦しんでおられる。

テレーズさん、ぼくらに何かできることがあれば、いってくださいね。」

そういって、岩場を見やったレニーヌ公爵は、顔をこわばらせました。

「おや、どうしたんでしょうね、ダンブルバル氏は……。」

オルスタンスが、あわてて岩場のほうを見ると、ダンブルバル氏だけが、向こうからもどってきます。上着を背中にかけて、うつむきながら歩いていました。

ジェルメーヌは、岩場の反対側から出

たようです。帽子を深くかぶり、がけに向かって、足早に進んでいきます。

「ダンブルバルさんは、奇岩城を見に行くのを、やめたのかしら。」

オルスタンスは、首をかしげました。

「ま、まさか、今のわたしたちの——。」

テレーズ夫人は、びくりと体をふるわせました。まるで、自分たちの会話が、夫に聞こえたのではないかと、おそれているようです。

「だいじょうぶですよ。何があっても、かならずぼくらが、あなたを守りますから。」

と、レニーヌ公爵は、力強くいいました。

その間も、オルスタンスは、ダンブルバル氏から目をはなしませんでした。かれは、つかれたようすで、とぼとぼ歩きながら、着がえ小屋の一つに向かっていました。トランプをしていた青年たちが、テーブルの上の札を見せながら、またもや、かれに話しかけました。

しかし、ダンブルバル氏はことわったのか、口を開くこともなく、着がえ小屋へ入り、ドアをとじました。

オルスタンスが、テレーズにたずねました。

「ダンブルバルさんは、海で泳ぐんですか。」

しかし、夫人は首をふり、

「いいえ、主人は、水着も持っておりませんのよ。」

と、とまどった顔をします。

(なんだか、いやな予感がするわ。)

オルスタンスは、急に不安をおぼえました。

レニーヌ公爵も同じだったらしく、

「ぼくが、ダンブルバル氏のようすを見てきますよ。」

といい、さっと立ちあがりました。そして、あっという間にテラスの階段をかけおりると、砂浜を走っていきました。

着がえ小屋の前まで来たレニーヌ公爵は、遊歩道から、そこまでつづく、ダンブルバル氏の足あとに目を向けました。砂の上の足あとなので、形は、はっきりしませんが、新しいものです。

着がえ小屋のドアはとじていて、小さなまどには、目かくしの板がはりつけてありました。

（まずいぞ……。）

レニーヌ公爵は、きびしい顔つきで、ドアの取っ手に指をかけました。

しかし、かぎがかかっているようで、開きません。

「ダンブルバルさん。ここを開けてください！　ダンブルバルさん！」

レニーヌ公爵は、さけび、ドアをこぶしでたたきました。が、なんの返事もないどころか、中から物音一つしません。

「どうしたんですか。」

トランプをしていた青年の一人が、心配したように、声をかけてきました。

ふりむいたレニーヌ公爵は、

「それ以上、近づかないで。この中で、何かあったようなんだ。砂の上の足あとをそのままのこしたいから、動かないでいてほしい。」

というと、力いっぱい、ドアをけやぶりました。

「あっ！　やられた！」

中を見て、さすがのレニーヌ公爵も、おどろきの声を上げました。

せまいゆかいっぱいに、ダンブルバル氏が、うつぶせにたおれていま

す。まったく動かないその背中は、血で真っ赤にそまっていました。

5 足あとのふしぎ

「――これは、自殺だね。小屋の中には、ダンブルバル氏しかいなかったのでしょう。まどには金あみや目かくしの板があり、ドアには内側から、かんぬき*がかかっていたのだし。」

連絡を受けて、すぐさま浜辺の着がえ小屋にやってきた警察官は、レニーヌ公爵から話を聞くと、そういいました。

しかし、レニーヌ公爵は、首をふりました。

「いいえ、これは、殺人事件ですよ。」

「どうしてだね。かれがこの小屋に入るようすは、きみたちも、小屋の

*かんぬき…門や建物の出入り口が開かないようにするため、内側にわたした横木。

そばでトランプをしていた青年たちも見ていたのだろう。ダンブルバル氏以外に、この小屋に出入りした者はいるのかね。」

「見ていませんね。」

「砂の上の足あとも、ダンブルバル氏のものだけだ。」

「ええ。」

「だったら、自殺しかないじゃないか。」

レニーヌ公爵は、ダンブルバル氏のなきがらを指さしました。

「見てください。背中の真ん中を——たぶん、ナイフでしょうか——何か、するどい物でさされています。ですが、自分でさすことは、できません。手がとどかない場所ですからね。

　それに、そのナイフが、ありません。自分でさしたのなら、ここに

落ちているはずです。犯人が、持ちさったということですよ。」
「たしかに、そうだが……。」
警察官は、あごひげをなでながら、見上げました。そして、たしかめるようにかべを軽くたたき、ゆかを何度かふみました。
「――だめだな。天じょうも、かべも、ゆかも、ドアも、まども、人の出入りできるところはないし、人がかくれるところもない。

[*1]ひがい者のほか、出入りした人物もいない。だから、犯人が先にここへ来て、ダンブルバル氏を待ちかまえていたということもない。ああ、こんなふしぎなことが、ほんとうにあるのだろうか。」

「これは、[*2]密室殺人です。じつに、きみょうななぞですよ。」

と、レニーヌ公爵は、にがにがしい声でいいました。

「犯人は、魔法を使えるというのか。」

あごひげの警官が、ふきげんそうにいったとき、

「――すみません。」

と、オルスタンスのよぶ声がしました。

レニーヌ公爵と警官が入り口のほうを見ると、青い顔をしたテレーズ夫人が立っていて、横には、オルスタンスがつきそっています。

「テレーズ夫人、だめです。ここに来ては――。」

レニーヌ公爵はあせったように早口でいうと、外に出て、ドアをしめました。しかし、テレーズ夫人は、すでに、ゆかにたおれている夫のすがたを見てしまっていたのです。

「あなた！」

と、悲鳴を上げると、テレーズ夫人は、ひざからくずれおちました。レニーヌ公爵は、気をうしなったかのじょの体を、あわててだきとめました。

＊1ひがい者…他人や自然によって、害を受けた人。
＊2密室…しめきられていて、外から人が入れない部屋。

あやしい兄妹

意識のもどらないテレーズ夫人を、レニーヌ公爵は貸別荘まで運び、ベッドにねかせました。オルスタンスも、つきそいます。

間もなく、ダンブルバル氏のなきがらも、警官と医者が運んできました。

「――こんなおそろしいことが、起こるなんて。ルネさんのいっていた事件が、これだったのかしら。」

オルスタンスが、ため息をつくように、いいました。

「いずれにしても、悲劇を食いとめられなかった。まさか、ぼくらの目

と鼻の先で、殺人事件が起きるとは――。」

レニーヌ公爵は、いかりとくやしさのあまり、こぶしをにぎりしめていました。

「犯人は、おそらくフレデリック・アスタンと、その仲間よね。ぜったいに、かれらをさがしだして、つかまえなくちゃ。

ひょっとして、テレーズさんがかかわっていると、うたがわれることも、あるかしら。」

オルスタンスが心配そうにいうと、レニーヌ公爵は、小さくうなずきました。

「ありうるな。

テレーズ夫人は、ダンブルバル氏から、いつも暴力をふるわれて、なやんでいた。それからのがれるために、だれかにたのんで夫を殺したと、警察は考えるかもしれない。」

「テレーズさんが、そんなことをするわけないわ。」

「ああ。だから、早く、真犯人を見つけなくては。そのためにも、密室殺人のなぞを解かなくてはならない。だれが、どうやって、ダンブルバル氏を殺したのかを――。」

レニーヌ公爵とオルスタンスは、また浜辺にもどりました。浜辺にはさわぎを聞きつけたのか、たくさんの人が集まっていました。着がえ小屋の前には、警官が数人いて、現場を見はっていました。さきほどレニーヌ公爵が話をした、あごひげの警察官は、トランプをしていた若者たちから、まだ話を聞いています。

「レニーヌさん、あれを見て！　小屋のそばにいる黒い髪の男！　ルネさんのいっていた、フレデリック・アスタンじゃないかしら。」

とつぜん、オルスタンスが声を上げ、指さしました。

「ほんとうだ。よく気づいた、オルスタンス。そして、なんと……となりを見てごらん。」

「あっ。」

灰色の上着を着た、黒い髪の青年の横に、大きなつばの帽子をかぶった女性が、立っていました。

「ジェルメーヌ！　ジェルメーヌが、犯人なのかしら。」

「そうと決まったわけではないが、二人がこの事件にかかわっていることは、まちがいない。二人のようすだと、さらに何かたくらんでいるようだ。」

レニーヌ公爵の言葉に、オルスタンスは、深くうなずきました。

フレデリックとジェルメーヌは、何やらこそこそと話をしていましたが、すぐに、人をかきわけて、着がえ小屋からはなれました。レニーヌ公爵とオルスタンスは、目くばせして、二人の後ろを、そしらぬ顔でついていきます。

ダンブルバル氏がかりた貸別荘に着くと、黒い髪の青年は、見はりのわかい警官に、声をかけました。

「中に入れてください。ぼくは、フレデリック・アスタン。ダンブルバル氏の会社で、はたらいている者です。こっちは、妹のジェルメーヌ。ダンブルバル氏の秘書をしています。」

「ちょっと待っていてください――。」

警察官は、貸別荘に入りました。

オルスタンスは、おどろきをかくせず、レニーヌ公爵に、ささやきました。

「ジェルメーヌが、フレデリックの妹だなんて。ほんとうかしら。」

「ああ、いわれてみれば、顔つきは、よくにている。」

「夫人が、どうぞとおっしゃっています。」

出てきた警官は、そういって二人を中に通しました。

レニーヌ公爵とオルスタンスも、かれらのあとにつづきました。警官は、二人がテレーズ夫人につきそっていたことを知っているので、何もいわずに、通してくれました。

「ルネさんが聞いた電話の、フレデリックの相手は、ジュルメーヌだったのね。」

レニーヌ公爵は、深くうなずきました。

一階のおくには、リビングがあり、その手前に、二階へ行く階段があります。

あやしい兄妹は、二階に上がりました。

レニーヌ公爵は、なれたようすで物かげにかくれながら、足音をしのばせてつづきます。オルスタンスもその歩き方に習って、しずかについていきました。

上には寝室が二つあり、そのかたほうの部屋に、ダンブルバル氏のなきがらが、おかれています。フレデリックたちは、そちらに入りました。

レニーヌ公爵とオルスタンスは、ドアのかげにかくれて、耳をすませました。テレーズ夫人のすすりなきが、聞こえてきます。

「……テレーズ夫人、お気のどくに……気をしっかり持って……ぼくらが、ついていますから。」

同情した声でいうフレデリックに、テレーズ夫人が、なみだながらに、何か答えました。しかし、小声で、よく聞きとれませんでした。

「かわいそうに……かわいそうな、ダンブルバルさん……。」

と、ジェルメーヌの、ふるえたような声も聞こえます。

（こんな演技ができるなんて、ジェルメーヌは、たいした役者だわ。）

オルスタンスは、おどろきとともに、いかりをおぼえました。

間もなく、フレデリックが、寝室から出てくるのがわかりました。

レニーヌ公爵とオルスタンスは、急いで、もう一つの寝室にかくれました。

「オルスタンス。きみは、テレーズ夫人のそばにいてくれ。何かかわったことが起きたら、外の警官に、助けをもとめるんだ。」

レニーヌ公爵は、そうオルスタンスに耳打ちすると、フレデリックのあとを、そっとつけました。

一階に下りてリビングに入ったフレデリックは、あたりを見回したかと思うと、テレーズ夫人のバッグを手に取りました。そして、上着のポケットから何かを取りだし、バッグの中に入れたではありませんか。

（おりたたみナイフだ。つまり、フレデリックのやつは……！）

レニーヌ公爵の顔が、くもりました。

そのとき、げんかんのドアが開く音がしたので、レニーヌ公爵は、柱のかげに、さっと身をかくしました。

あの小屋で話した、あごひげの警官が入ってきます。

フレデリックは、そしらぬ顔であいさつすると、警官にたずねました。

「おまわりさん。ダンブルバル氏がだれに殺されたのか、わかったのですか。」

「いいえ。くわしくは話せませんが、手がかりが少ないことだけは、おつたえしておきます。あなたからも、あとで話をききたいと思っています。」

「ええ、もちろん、てつだわせてください。」

フレデリックと警官は、話しながらリビングを出ると、二階へ上がっていきました。

二人の足音が消えたので、レニーヌ公爵はリビングに入り、テレーズ夫人のバッグから、おりたたみナイフを取りだしました。

そっと開き、レニーヌ公爵は、目を細めました。

（やはり、血がついている。）

ジェルメーヌとフレデリックは、ダンブルバル氏を殺したばかりか、殺人の罪を、テレーズ夫人におしつけようとしているのです。なんと、

悪い兄妹でしょうか。

（よし、では、これを*逆手に取るとするか。）

レニーヌ公爵は、素早く、ある計画を立てていました。ナイフをズボンのポケットにしまうと、貸別荘の外へと出て、ある所へ向かったのでした。

*逆手に取る…相手のこうげきを、ぎゃくに利用してせめかえす。

7 ホテルへしのびこむ

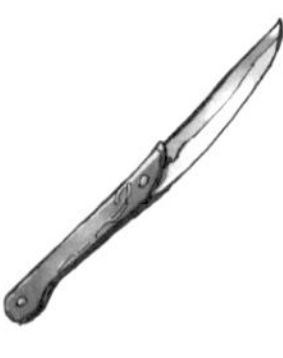

レニーヌ公爵が足早に向かったのは、ルネがはたらくホテルです。かれは、ロビーでルネを見つけました。

ダンブルバル氏が殺されたことを話したあと、レニーヌ公爵は、ルネにたずねました。

「アスタンの部屋は、何号室だい。」

「三〇三号室です。かぎがいりますか、レニーヌさん。」

「いいや、だいじょうぶだ。」

あっさり答え、レニーヌ公爵は階段をかけあがって、三階にあるその

7　ホテルへしのびこむ

部屋へ行きました。ポケットから針金を取りだし、手なれたようすで、ドアのかぎあなにさしこみます。

「この世に、ぼくが開けられない*錠前などは、ないのさ。」

と、レニーヌ公爵はひとりごとをいいながら、あっという間に、かぎをはずしてしまいました。

室内に入ると、レニーヌ公爵は、フレデリックの荷物や洋服を調べました。そして、旅行バッグの中から、六通の手紙を見つけました。手紙は、ジェルメーヌが書いた物で、読めば、かれらの犯行の目的も方法も明らかでした。

(やはり、ぼくが思ったとおりだった。兄妹はダンブルバル氏の会社から、金をぬすんでいた。それがばれそうになったので、ダンブルバル

*錠前…戸や入れ物などを、かってに開けられないようにする金具。

氏を殺す計画を立てたわけだ……。それに、日ごろから、二人はダンブルバル氏から、ひどい暴力も受けていた。うらみは、そうとうだったのだろうな。）

犯行までのすじ道を整理すると、レニーヌ公爵は、手紙をポケットにしまい、部屋を出ました。そして、すぐさま、貸別荘にもどったのでした。さっきここを出てから、二十分もたっていません。

貸別荘のリビングには警察署長がいて、あごひげの警官から、事件の説明を受けていました。

それを見たレニーヌ公爵は、音も立てずに二階へ上がり、寝室の中に

いるオルスタンスに、*目配せしました。

すぐに気づいたオルスタンスは、さりげなく、ろう下へ出てきます。

「オルスタンス。何か、かわったことは？」

「何もありません、レニーヌさん。テレーズさんは、あいかわらず、ないているばかりです。アスタン兄妹も、つきそうふりをして、ずっとそのそばにいます。」

「そうか、わかった。ありがとう。」

礼をいうと、レニーヌ公爵は、部屋に入りました。あやしい兄妹は、まどのそばに立っていました。

レニーヌ公爵は、しずかにおくへ進みます。テーブルにあった、ビーズのバッグにふれてしまったようで、バッグがドサッと落ちました。


*目配せ…目と目で、思っていることを合図したり、つたえたりすること。

レニーヌ公爵は、ていねいにそれを拾います。

「――失礼しました。これは、ジェルメーヌさんのバッグですか。」

ジェルメーヌが、なみだで赤くなった目で、うなずきました。

レニーヌ公爵は、バッグをジェルメーヌにわたしながら、兄のフレデリックに話しかけました。

「ちょっと、ぼくといっしょに、下まで来てくれますか。ジェルメーヌさんもおねがいします。」

「妹もですか。」

三人は、一階へ向かいました。オルスタンスも、ついていきます。

リビングに入ると、レニーヌ公爵は、警察署長に話しかけました。

「ぼくは、レニーヌといい、ダンブルバル夫妻の知人です。」

警察署長は、太ったおなかをなでながら、答えました。

「ええ。あなたのことは、部下から聞きました。殺人事件だといいあてた人がいるとね。しかも、現場は密室だというではありませんか。なんともふしぎな事件ですな。」

「そう、きみょうな事件です。――しかし、そのなぞは解けました。そして、犯人がだれかも、わかりましたよ。」

レニーヌ公爵の言葉に、部屋の中にいた者全員が、びっくりしました。

オルスタンスは、アスタン兄妹の顔が青くなったのに、気づきました。

「なんですと。事件の真相も、犯人もわかったというのですか、レニーヌ公爵。」

警察署長も、目を丸くしています。

「そうです。何もかも、わかりました。犯人は、ここにいる二人、フレデリックとジェルメーヌの、アスタン兄妹です。」

レニーヌ公爵の自信にみちた声が、しずかなリビングにひびきました。

「な、何をばかな！　ふざけたことをいうな！」

と、フレデリックが、こわい顔でどなりました。

「そうよ。わたしが何をしたって、いうのよ！」

ジェルメーヌはさけびながら、レニーヌ公爵をきつくにらみました。

しかし、レニーヌ公爵はよゆうの顔で、話しはじめました。

「この兄妹は、亡くなったダンブルバル氏が社長をしていた会社で、はたらいていますが、だいぶ前から、会社の金をこっそりぬすんでいたんです。数万フランという大金です。

*フラン…以前フランスで使われていたお金の単位。数万フランは、今のお金で、およそ数千万円。

しかし、最近になって、それが、どうやらダンブルバル氏にばれてしまった。それで、かれを殺してしまったというわけです。」

「じょうだんじゃない！　おれは、ほんとうの犯人を知っているぞ！」

フレデリックが、わめきました。

「ほう、だれだというんですか。」

レニーヌ公爵は、おもしろがるように、ききかえしました。

「テレーズ夫人だ。かのじょは、夫から毎日、暴力を受けていたから、うらんでいた。ダンブルバル氏こそ、ギャンブルに手を出し、会社の金を使いこみ、むしゃくしゃすると、あばれるようなひどい男だった。

それに、テレーズ夫人が犯人だという、証拠もある。*凶器は、かのじょの持っている、おりたたみナイフだ。かのじょのバッグをためしに調べてみろ！」

「ほう。よくごぞんじですね。じゃあ、テレーズ夫人のバッグを見てみましょうか。」

あごひげの警官が、すぐに夫人のバッグを取ってきて、警察署長に手わたしました。しかし――。

「おりたたみナイフなど、ないですな。」

警察署長が、つめたくいうので、フレデリックは、あせった顔になりました。

「そんなはずは――。」

レニーヌ公爵がにやりとして、

「ついでにジェルメーヌさんの、ビーズのバッグも見てみませんか。」

＊凶器…人を殺したり、きずつけたりする道具。

というので、警察署長は、青ざめたジェルメーヌから、するりとバッグを取りました。

「あった！　血のついた、おりたたみナイフだ！」

と、警察署長がさけびました。

フレデリックとジェルメーヌは、がたがたとふるえはじめます。

レニーヌ公爵がこっそり、オルスタンスにウインクしました。それだけで、少女にはわかりました。

（さすがは、レニーヌさんだわ。）

さきほど、レニーヌ公爵（こうしゃく）は、二階（かい）でバッグを落（お）としましたが、それはわざとで、そのとき、素早（すばや）くナイフをしのばせたのです。

事件の真相

「――これらは、ジェルメーヌがフレデリックに送った手紙です。読んでみれば、二人が会社の金をぬすんでいたことと、ダンブルバル氏を殺す計画を立てたことが、わかりますよ。」

レニーヌ公爵は、上着の内ポケットから、六通の手紙を出しました。ホテルのフレデリックの部屋から、持ってきたものです。

「あっ！　なぜ、それが――！」

フレデリックが、息をのみました。

警察署長は、急いでその手紙に目を通しました。けわしい顔が、おど

ろきの表情にかわりました。

「――たしかに、この二人が、ダンブルバル氏を殺した犯人のようだ。しかし、レニーヌ公爵。方法はどうです。この二人は、着がえ小屋に入っていないのに、どうやってダンブルバル氏を殺せたんですか。」

「フレデリックもジェルメーヌも、あの小屋には入っていませんが、殺人は可能です。なぜなら、犯行現場は、べつの場所だったからです。」

「どういうことですかな。」

「あのとき、ダンブルバル氏とジェルメーヌは、がけまでつづく遊歩道を歩いていました。元々は、手紙に書いてあるように、ジェルメーヌが、ダンブルバル氏をがけまでさそいだし、待ちかまえていたフレデリックが、かれをがけからつきおとす予定でした。足をすべらせて、落ちた事故に見せかけようとしたのです。

テレーズ夫人も来るようなら、いっしょに殺してしまおうと思っていたことでしょう。

ところが、計画がかわったのです。もしかすると、ダンブルバル氏も、二人だけになるときをチャンスと見ていたのかもしれません。ダンブルバル氏のほうから『会社の金がなくなっているが、おまえのしわざか』など、せまったことも考えられます。

あせったジェルメーヌは、かくしていたナイフを取りだすと、かれを後ろから、強くさし、素早くにげたのです。岩場の後ろ側で起きたことなので、ぼくらのいるところからでは、何も見えませんでした。

背中をさされたダンブルバル氏は、力をふりしぼって、小屋のほう

に歩きはじめました。そう、歩ける体力はのこっていたのです。
ダンブルバル氏は、上着を肩にかけていました。そのため、きずがかくれていたのです。さされたとき、上着は手に持っていたか、強い風がふいて、ひるがえっていたのでしょう。」
「どうして、だれかに助けをもとめなかったのですか。テレーズ夫人も、いたというのに。」

警察署長の質問に、レニーヌ公爵は、すぐさま答えました。

「ダンブルバル氏が、自分はそこまで大けがではない、それから、テレーズ夫人も、ジェルメーヌたちの仲間だと、思った可能性があります。いつも、妻や使用人に暴力をふるっていたので、その仕返しをされたのだと考えたのです。もしかすると、ぼくやオルスタンスも、ぐ*るだと、うたがったかもしれません。」

「なるほど。」

「それで、ダンブルバル氏は、まずは、一人になれる場所をさがし、あの着がえ小屋に入ったのです。そこで、なんとか自分で手当てをして、そのあとこっそり、医者にでも行こうとしたのかもしれません。

しかし、背中のきずは、かれが思っていたより、深かったのです。

着がえ小屋に入り、内側からかんぬきをかけたところで、たおれてしまいました。こうして、かれは命をうしない、ぐうぜんにも、あのきみょうな密室殺人ができあがってしまったわけです。」

レニーヌ公爵はそういって、みんなの顔を見回しました。

うなだれたアスタン兄妹のすがたが、レニーヌ公爵の推理が正しいことを、まさに物語っていました。

「わたし……ダンブルバル氏に、ぎゃくに殺されるんじゃないかと、こわくて仕方なかったんです。それで、とっさにナイフで……ううっ。」

ジェルメールの小さな声が、最後は、なき声にかわりました。

すぐに二人には手錠がかけられ、警官に外へとつれていかれます。

レニーヌ公爵とオルスタンスは、そのようすを見送りました。

＊ぐる…悪い計画をする仲間。

「――おどろいたわ。まさか、ひがい者の協力があって、密室殺人になってしまったなんて。」

事件が解決しても、オルスタンスはまだ、あっけにとられていました。

「オルスタンス。ふしぎとか、ありえないと思えることも、いろいろな角度から見て、落ちついて考えれば、正解にたどりつくのさ。

見かけにまどわされないこと。それが、名探偵になるための、いちばんの方法なのだよ。」

と、レニーヌ公爵がしずかにいいました。

「はい、そうします。」

オルスタンスは返事をしながら、がけへと目をやりました。奇岩城の向こうに、オレンジ色の夕日がしずむところでした……。

これが、わたしルブランが、ルパンから聞いた話の一つです。

それにしても、オルスタンスの探偵としての才能を、レニーヌ公爵——ルパンは、一目で見ぬいていたようです。ホテルのボーイのルネは、フランスじゅうにいる、ルパン一味の一人にちがいありません。

レニーヌ公爵とオルスタンスの冒険話は、まだつづきます——。


（「砂浜の密室事件」おわり）

エピソード 02

雪の上の足あと

1 雪につつまれた村

赤い髪の美少女、オルスタンスの寄宿学校が、冬休みに入りました。すると、あたたかそうなマフラーをまいたレニーヌ公爵が、やってきたのです。

「やあ、オルスタンス。また、いっしょに冒険の旅に出かけないか。」

オルスタンスは、すぐさま答えました。

「もちろん。ぜったいに行くわ。」

というのも、学校で勉強をしている間も、かのじょは、夏にレニーヌ公爵といっしょに探偵したことを、何度も思いかえしていたからです。

一方、怪盗ルパンは、あいかわらず世間をにぎわせていました。博物館から、古代エジプトの黄金仮面をぬすみだしたり、悪い政治家をつかまえて、警察に引きわたしたりしていました。

オルスタンスは、そんなルパンにあこがれ、自分も、何か活やくしたくて仕方がなかったのです。

「今度は、どんな事件なの。」

オルスタンスがレニーヌ公爵を見ると、なんだか心配そうな顔をしています。

「バシクールというフランス東部の村に、昔からの知り合いがいてね。ある女性を助けてやってくれないかと、たのまれたのさ。どうやら、その女性の家族がひどい人物で、こまっているらしいんだ。」

二人は汽車を乗りつぎ、真っ白な雪景色のバシクール村に着きました。高い山のふもとにあって、すべてが雪につつまれています。

レニーヌ公爵とオルスタンスは、雪道をざくざく歩きながら、まずは、

待ち合わせのやくそくをしていた食堂へと向かいました。

食堂の中は、こんでいました。地元の人と観光客が、わいわい話しながら、楽しそうに食事をしたり、酒を飲んだりしています。

「やあ、レニーヌ、ひさしぶりじゃ。」

店のおくのほうで、おじいさんが手を上げました。そのとなりで、おばあさんが、にこにこわらっています。

「マフタンさん、おくさん。おひさしぶりです。」

レニーヌ公爵が、オルスタンスをしょうかいし、四人は、テーブルにつきました。

「――ところで、マフタンさん。こまっている女性というのは。」

スープが出てきたところで、レニーヌ公爵が、たずねました。

「そろそろ、顔が見られるだろう。たいてい、この時間に来るんじゃよ。――ほら、やってきた。あの家族さ。」

と、マフタンじいさんが、入り口を指さしました。猟銃を持った男の人二人と、女の人一人が、店に入ってきます。

地元の人たちは、急に口をとじました。レニーヌ公爵は、横目で素早くかれらを観察しました。

毛皮のベストを着た、白いひげの男は、六十歳くらいに見えます。背の高いほうの男は、三十歳ほどで、気むずかしそうな顔です。女性は、やつれてはいましたが、きれいな顔だちの人でした。着ているコートは、かなり着古した物です。

男二人は店のおくに進み、ガタガタと席にすわりました。女性も、急いですわります。年上の男が、店主に注文しました。

「おい、まずは酒を出せ。さっさと持ってこいよ！」

「おれはコニャック*だぞ。まちがうなよ！」

と、年下の男は、テーブルの足をけとばしながら、どなりました。

その横で女の人は、目をふせて、おどおどしています。

マフタンじいさんが、レニーヌ公爵に顔をよせて、教えました。

＊コニャック…フランスの西部にあるコニャック地区で産出される洋酒。

「ゴルヌ*男爵と、むすこのマチアス、マチアスのよめのナタリーじゃ。」

「ほう。あの男は、男爵なのですか。」

みすぼらしい格好をしていて、とてもそうは見えません。

「あの一族は、元は金持ちで、りっぱな城館に住んでいたんじゃがのう。すき放題、金を使ったんじゃな。今は、ひどくまずしくなって、ゴルヌ男爵は、森の入り口にある小屋でくらしているのじゃ。

　むすこ夫婦は、野原の向こうにある、〝井戸の家〟に住んでおる。古い井戸があるので、みんなが井戸の家とよんでいるんじゃよ。」

「仕事は、何をしているのですか。」

「親子そろって、ろくに、はたらいてないのう。狩りばかりしている。それに、二人とも大酒飲みでな、ようと、すぐにだれかとけんかをす

るんだ。ほんとうに、こまったやつらだよ。」

「ところで、ナタリーさんのあごにあるのは、あざでしょうか。」

レニーヌ公爵が、マフタンじいさんにききました。

「よくわかったのう。マチアスになぐられたあざじゃ。」

「ええっ。どういうこと？」

オルスタンスは、おどろいて声を上げました。

答えたのは、おばあさんです。

「いつもナタリーは、あの親子に、いじめられたり、こきつかわれたりしているのよ。そして、何か気にくわないと、マチアスになぐられてしまうの。」

「ひどい！　どういう人なの、マチアスって。」

＊男爵…貴族の位の一つ。公爵、子爵より下位。

オルスタンスがさらに声を大きくしていうと、おばあさんは、それをおさえるように小声でいいました。

「むすこのマチアスは、十年前に仕事でアメリカへ行ったんだけど、うまくいかずに、三年前に、村に帰ってきたのよ。それから、となりの村に住んでいた、ナタリーと結婚したの。」

「ええっ、なんでマチアスなんかと……。」

オルスタンスは、思わず声を上げそうになり、はっと気づいて、最後のほうは、にごしました。

「そのころはまだ、ゴルヌ男爵は金持ちだったのじゃ。

あるとき、ナタリーの父親が、かれから金をかりてしまったのさ。

それが返せなかったので、マチアスがナタリーと結婚したいといったときに、父親もナタリーも、ことわれなかったんじゃよ。」

マフタンじいさんは、顔をしかめながら答えました。

2 わかい男

ゴルヌ親子は、村のきらわれ者なのですが、元は城主なのでだれもさからえないのだと、マフタンじいさんはいいました。

オルスタンスは、むしゃくしゃしたかのように、サラダを食べつづけていました。レニーヌ公爵はだまってチーズをつまんでいましたが、その手をふと、止めました。

入り口から、背の高い、目鼻立ちのはっきりした青年が入ってきます。人々とにこやかに、あいさつをかわしながら、店の中を進みます。

おじいさんが、はっとした顔をしました。

「まずい、ジェローム・ビニャルじゃ。ゴルヌ男爵たちが、へんなことをしなければいいが。」

「どうしてですか。」

レニーヌ公爵は、青年を観察しながら、たずねました。

「かれは、まじめな青年なんだが、ビニャル家とゴルヌ家とは、ひどくなかが悪い。とくにマチアスは、ジェロームをきらっておるんじゃ。」

マフタンじいさんは、早口で話しました。

そのとき、マチアスがお酒のグラスをドンと、テーブルにおきました。ジェロームに気づいたようです。

「なんだ？　ここはおまえの来るところじゃねえぞ。」

しかし、ジェロームは、平気な顔をしています。そして、どんどん、マチアスのテーブルへと近づいていき、ナタリーに目にとめると、軽くほほえみました。ナタリーは、はずかしそうに下を見ます。

「あの二人は、小さなころから、なかがよかったの。ナタリーの父親が、ゴルヌ男爵にお金をかりなければ、二人は結婚していたでしょうね。」

おばあさんも、早口でいいました。

そのとき、いすをけりたおして、ゴルヌ男爵が立ちあがりました。手には、猟銃を持っています。

「うちの嫁に手を出そうとしたって、そうはいかねえぞ。これ以上近よると、この鉄砲が火をふくからな。」

「キャーッ。」

店の中で悲鳴が上がりました。

レニーヌ公爵(こうしゃく)は、いつでも立(た)ちあがれるように、身(み)がまえました。

ジェロームは、店内(てんない)を見回(みまわ)しながら、ゆっくりといいました。

「そんなぶっそうな物(もの)は、しまってください。みなさんが、こわがっています。」

「かっこつけるな。今日こそは、ようしゃしねえ。」

マチアスも、いきおいよく、立ちあがりました。食べかけのパンが、テーブルの上で、はねます。ナタリーは、真っ青になっています。

「ぼくは、ほし肉を買いに来ただけです。じゃまをしないでほしいですね。どうしてもうちたいのなら、外で相手になります。ぼくだって、ピストルを持っていますから。」

すきとおった声でいうと、ジェローム は、カウンターへ向かいました。

そして、ほし肉を受けとると、ゴルヌ親子に背を向け、入ってきたときと同じ足取りで店を出ていきました。

(かっこいいわ、ジェロームさん。)

オルスタンスは、青年の、どうどうとしたたいどに感心しました。

レニーヌ公爵は、ふたたびチーズを食べはじめました。

ゴルヌ男爵親子は、ジェロームが出ていったドアを、にくにくしげににらんでいましたが、ようやく、猟銃を下ろしました。

「あの調子よ、わかったでしょ。あの親子は、ジェロームが金持ちなのをうらんで、その上、ナタリーをうばわれるんじゃないかと、勝手にいらいらして、きらっているのよ。」

おばあさんが、オルスタンスにいいました。

「くそっ。今に見ていろ、ビニャル家のわかぞうめが。そのうち、ぜったいに、思いしらせてやるからな。」

と、ゴルヌ男爵は、店の人たちみんなに聞こえるように、大声で、はきすてるようにいったのでした。

3 三発の銃声

よく朝。レニーヌ公爵とオルスタンスが、ホテルのレストランで、朝食をとっていると、ウエイトレスたちの声が聞こえてきました。きのうの夜、井戸の家のほうで、つづけざまに三発の銃声があったらしいのです。

「あのゴルヌ親子の家のことよね。」

オルスタンスがそういいおわらないうちに、レニーヌ公爵が、すくっと立ちあがりました。

「ナタリーさんが心配だね、オルスタンス、すぐに行こう。」

外はかなりの寒さで、二人はコートを着て、ホテルを出ました。小走りの二人の息は、はくたびに白くけむりました。雪はやんでいますが、新しいふかふかの雪が、やわらかいじゅうたんのように、つもっていました。

レニーヌ公爵たちが進むたびに、足あとが、くっきりとのこりました。

三けんとなりの宿の入り口に、けわしい顔の警察官がいました。

バンカルディという名の、巡査部長です。

近所の農夫が、こうふん気味に話していました。

「――ええ、ほんとうですよ、巡査部長。あれは、三発の銃声でした。夜中の十一時半をすぎたころです。井戸の家がある、野原のほうから聞こえてきましたよ。」

ほかにも、同じことをいう人がいました。

そこへ、こまり顔の、一人の農夫が入ってきました。

「巡査部長。おれ、マチアスさんに用があって、さっき、井戸の家まで行ったのさ。ところが、門をたたいても返事がないんだ。ようすがへんなんで、見てくれよ。」

「おお、ピーター。マチアス氏は、ねているのではないのかね。」

「いや。ゴルヌ家の者は、いつも朝六時には起きるんでさあ。」

今はもう、朝の九時です。

「そうか。銃声のこともあるから、今から行ってみよう。」

バンカルディ巡査部長とピーターは、すぐさま宿を出ました。

レニーヌ公爵とオルスタンスも、そのあとを追います。

巡査部長たちは、森の入り口にある、ゴルヌ男爵の小屋に立ちよりました。小屋の前では、ゴルヌ男爵が、荷物をつんだ馬車を出そうと、したくをしていました。

巡査部長が、むすこの家で銃声が聞こえた話や、門が開かない話をすると、ゴルヌ男爵は大声でわらいだしました。

「あっはっは。三発の銃声だって。巡査部長よ、*せがれの猟銃は、二連発だぞ。二発しか音は鳴らないんだ。」

「だが、ピーターがよんでも、返事がないんだ。」

「なあに、せがれのやつは、まだねているのさ。きのうの夜は、わしのところで、酒のびんを二、三本あけちまったからなあ。それから井戸の家に帰っていったが、あれは、雪がやんだ夜十一時ごろだったかな。

まあ、マチアスは、よっぱらって、朝ねぼうしているんだろう。ナタリーも、いっしょにねぼうさ。」

ゴルヌ男爵は、まったく気にとめません。

「心配じゃないのかね。」

「まったく平気さ。それよりも、わしはとなり町の市場で、毛皮やけものの肉を売らなくちゃならないんだ。急いでいるから、あばよ。」

ゴルヌ男爵は、さっさと馬車にとびのり、雪をけちらしながら、走りさりました。

巡査部長は、農夫のほうへ顔を向けました。

「男爵はああいうが、やはり銃声が気がかりだな。井戸の家へ行こう、ピーター。」

*せがれ…「むすこ」のへりくだったいい方。

そのとき、レニーヌ公爵が巡査部長に近づきました。

「失礼。ぼくは、レニーヌといいます。マチアス夫妻の知り合いでして、話を聞いて、かれらのことを心配しています。いっしょに、井戸の家まで行ってもよろしいでしょうか。」

巡査部長は、レニーヌ公爵とオルスタンスを、じろりと見ました。きちんとした礼ぎ正しい紳士と、行ぎのよさそうな少女という二人組みに、安心したのでしょう。あっさりと、

「いいですよ。しかし、じゃまは、しないでくださいよ。」

と、同行をゆるしてくれたのでした。

4 雪の上の足あと

歩きはじめてすぐ、バンカルディ巡査部長は、雪におおわれた地面を指さしました。

「レニーヌ公爵。ほら、雪の上を見てください。どうやら、夕べのマチアスの足あとのようですな。」

たしかに、よっぱらいの足あとに見えました。まっすぐではなく、ふらふらと右や左に曲がったところがあったからです。

「かかとのところに、ぽつぽつとあながあいているから、マチアスさんの足あとで、まちがいありやせんや。かれは、古いくつのかかとを修

理して、びょうを打っていましたから
ね。」
と、ピーターがいいました。
レニーヌ公爵は、だまって、あたりを
見回しています。
「夕べはたしか、午後十一時ごろには、
雪がやんだ。だから、マチアス氏の足
あとものこっているんだな。」
巡査は、みんなに説明するようにいい
ました。
マチアスの足あとは、雪でうまった野

原を横切り、井戸の家まで点々とつづいていました。

家の近くで、べつの足あとが横道から出てきました。それは、マチアスの足あととならんでつづき、井戸の家の門まで行って、またもどっていっていました。

「これは、おれの足あとでさあ。けさ、ここへ来たときのもんだ。」

ピーターは、指さして説明しました。

巡査部長は、門のとびらをたたき、マチアスをよびました。ですが、返事はありません。

「仕方ない。入ってみよう。」

巡査部長が門を開け、レニーヌ公爵たちもあとにつづきました。

家のげんかんまで、雪の上に、一すじの足あとがつづいています。建物は古くて、かべにひびが入っていました。

「おや、げんかんのとびらが開いているぞ――。」

と、いいながら、中へ入った巡査部長は、うめき声を上げました。

「――うっ。家の中が、めちゃくちゃだ。」

レニーヌ公爵たちも、巡査部長のあとにつづきました。

入ってすぐの部屋がリビングのようですが、しきものはめくれ、いすはたおれ、テーブルもひっくりかえっています。花びんも食器もわれて、ゆかにちらばっています。

「ひどいありさまだ……。一人であばれたとは、考えにくい。となると、二人以上のけんかか……。」

と、レニーヌ公爵が、まゆをひそめていいました。

古い大時計も横だおしになっていて、針が十一時半を指して、止まっていました。

「これが、ことが起きた時間だな。きのうの夜、午後十一時半ごろか。」

巡査部長がいうと、ピーターが思いだしました。

「そういえば、三発の銃声が聞こえたのが、そのころでさあ。」

オルスタンスは、不安そうな声でいいました。

「ナタリーさんが、まきこまれたのかしら……。」

「このはげしさは、男と男のあらそったあとだよ。」

レニーヌ公爵は、オルスタンスを安心させるように、いいました。

四人は、二階も調べました。しかし、だれもいません。寝室のドアは、ぶちやぶられていて、大きなハンマーが、ベッドのそばに、投げすてられていました。

「ここは夫婦の部屋か……。何があったのだ。」

巡査部長が、つぶやきました。

一階にもどると、レニーヌ公爵が、みんなを落ちつかせようとするかのように、ゆっくりと、口を開きました。

「ピーターさん、うら口は、どこにありますか。」

ピーターが案内したのは、台所のおくでした。たき木をつんだところに、うら口があり、外に出ると、うら庭で、その真ん中に井戸があります。

「だから、ここをみんなが、井戸の家とよぶのね。」

なっとくしたオルスタンスが、ふとレニーヌ公爵を見ると、かれは、足元の雪をじっくり観察していました。

「巡査部長、雪の上に、何か重い物を引きずったような、はばの広いあとがありますよ。それが、井戸までつづいていますね。」

そして、それとはべつに、井戸の横から、果樹園に向かって、少しはばのせまい足あとがつづいていました。

マチアスの足あととは、明らかに、

形がちがっています。

「だれの足あとかしら。」

オルスタンスが首をかしげると、レニーヌ公爵は目を細め、

「大きさからいって、ナタリーさんの足あとではないが……。」

と、考えこむようにいいました。

巡査部長は、はっとした顔になりました。

「だれかがマチアス夫婦を殺し、そのなきがらを家の中から引きずってきて、この井戸に落としたのかもしれませんぞ。」

巡査部長とレニーヌ公爵は、井戸の中をのぞきましたが、下のほうは真っ暗で、何も見えません。

「この井戸は深くて、そこなしといわれているほどでしてね。たとえ、

なきがらが落とされても、見えませんな。」

巡査部長は、くやしそうにいいました。

みんなは、井戸からつづく足あとを追いました。十メートルほど先で、雪の中に、ピストルが半分うまって、落ちていました。

「これは、ジェロームのピストルですな。にぎりのところに、ビニャル家のしるしが、ほられています。」

巡査部長が、そういい、ピストルを調べはじめました。たまが七つ入るピストルですが、四つしかありません。

「これで、はっきりしましたな、レニーヌ公爵。夕べの三発の銃声は、このジェロームのピストルによるものだったのです。」

「かれが、だれかをピストルでうったというのですか。」

オルスタンスは、ぎくりとしました。

（まさか、あのジェロームさんが、人をうちころすなんて……。）

レニーヌ公爵は、うでを組み、しずかに話しはじめました。

「巡査の推理を、ぼくが整理しましょう。

夕べ午後十一時ごろに雪がやむ……午後十一時半ごろ、マチアスが、よっぱらってこの家にもどってきて、ジェロームくんと、あらそいになった……。そのあと、ジェロームくんが、ピストルを三発うつ……そして、ジェロームくんがだれかの死体を、井戸まで引きずってくる……深夜0時までに、こんなことが起きたということですね。」

するど、巡査部長が、事件は解決したとでもいうように、つづけました。

「マチアスとジェロームは、なにしろ、なかが悪かったですからね。おそらく、ジェロームが、ピストルをうち、マチアスを殺した。その後、ジェロームは、マチアスの死体を、井戸の中に投げこんだのですな。」

「そう決めつけるのは、早くありませんか、巡査部長。」

「どうしてですかな、レニーヌ公爵。」

「ジェロームくんとナタリーさんは、そのあと、どうしたんでしょう。」

「ジェロームが、ナタリーをさらったんだろうね。ジェロームの足あとしかないから、ナタリーを肩にかつぐでもして、にげたのですな。」

この足あとは、雪に深くしっかりとついている。つまり、重いものをかついでいた証拠ですぞ。」

巡査部長は、自信たっぷりでした。

オルスタンスが、井戸の家のほうをふりかえり、たずねました。

「ジェロームさんが来た足あとが、どこにもないわ。いつ、この屋しきに来たのかしら。」

巡査部長は、ひげをさわりながら、答えました。

「マチアスが帰るより、ずっと前でしょうな。雪がふりつもって、ジェロームの足あとは消えてしまったのだ。」

「ところで、果樹園の先は、どうなっていますか。」

レニーヌ公爵がたずねると、ピーターが、答えました。

「街道に出られましてね、そこを東へ行くと、ビニャル家の城があるんでさあ――。」

5 ジェロームの説明

バンカルディ巡査部長を先頭に、みんなは、足あとを追いました。

「オルスタンス、まずいぞ。ナタリーさんの行方も気になるが、ピストルやら、証拠がそろって、ジェロームくんが、すっかり犯人あつかいだ。」

小声で話すレニーヌ公爵に、オルスタンスは、深くうなずきました。

しかし、二人の思いをうらぎるように、井戸の家を出た、はばのせまい足あとは、ビニャル家の城館まで、雪をふみしめるようにつづいています。

さらに、城の正門からは、馬の足あとと、馬車の車輪のあとが、村とは反対方向へ向かっていました。

巡査部長が、よびりんをおしました。すると、すぐに使用人が出てきました。

「ジェロームさんに会いたいのですが。」

「すみません、巡査部長。ジェロームさまは、さきほど、馬車でお出かけになりました。」

「どこへ行ったのですか。」

「わかりません。何もおっしゃいませんでした。」

使用人は、申しわけなさそうに、首をふりました。

巡査部長は、ちっと舌うちしていいました。

「こうなったら、車輪のあとを追うしかないが、道が悪いな。」

「一度、警察署に行き、馬車を使いませんか。ぜひ、わたしたちもいっ

しょに行かせてください。」

レニーヌ公爵が一歩出て、巡査部長にたのみました。

「まあ、いいでしょう。」

巡査は、ひげをなでながら、みんなを見回して、いいました。

「ジェロームさんたちは、どこへ行ったんでしょう。」

心配そうに、オルスタンスがたずねると、

「駅かもしれない。」

と、レニーヌ公爵が答えました。

「にげるためだ。となり町の駅は、急行がとまるからな。」

巡査が、名推理をしたといったようすで、つづけたのでした。

一時間後。一同が馬車でとなり町の警察署に着くと、なんと——。

ジェロームとナタリーは、つかまっていました。

「巡査が、電話でいったとおりでした。この二人、駅のホームにいましたよ。」

となり町の警官が、敬礼をしながらいいました。

「よくやった。」

と、巡査が警官の肩をたたき、進みでました。

「ジェロームさん、あなたには、あるうたがいがかかっています。夕べ、井戸の家で何があったのか、すべて話してください。」

ジェロームは落ちついたようすで、巡査部長の顔を見返しました。その横で、ナタリーは、青ざめて小さくふるえています。

「ぼくは、何も悪いことをしていません。かわいそうなナタリーさんを、

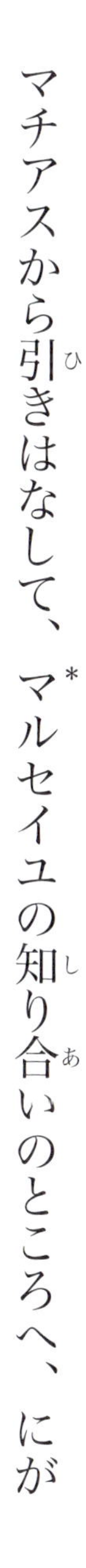

マチアスから引きはなして、*マルセイユの知り合いのところへ、にが
そうとしただけです。」
「ほんとうですか、ナタリーさん。」

＊マルセイユ…フランス南部の、地中海に面した港町。

「は、はい……。」

ナタリーは、おびえた顔で、うなずきました。

「それよりも、あるうたがいとはなんですか。」

ジェロームは、まっすぐに巡査を見つめました。

「マチアス氏が、行方不明です。だれかに殺された可能性があります。」

ナタリーが、目を見開きました。

「まさか、ぼくがやったというのではないでしょうね。」

ジェロームはまじめな表情でいいました。

巡査部長は、つめたい視線を、かれに向けました。

「きのうの深夜に、三発の銃声が聞こえました。マチアス氏の家の中には、あらそったあとがあり、マチアス本人は行方不明。家の井戸の近

くには、ジェロームさん、あなたのピストルが落ちていた。そのピストルのたまは、ぴったり三発、なくなっている。

ということで、警察としては、あなたがマチアスを殺し、井戸に放りこんだと見たのです。」

「まったくのまちがいです。ぼくは、人殺しなどしませんよ。だいいち、ぼくたちが井戸の家を出たとき、マチアスは生きていましたからね。」

「それは、何時ですか。」

「ええと……午後十一時三十分すぎでしょうか。」

巡査部長は、自分のあごをなでました。

「ふうむ。どうも、わたしが思っていることと、あなたのいっていることには、ずいぶんちがいがありますな。」

「ぼくは、ほんとうのことをいっています。みなさんも知っているとおり、マチアスとゴルヌ男爵は、ナタリーさんをいじめて、こきつかっていました。それが気のどくで、ぼくは何度か、ナタリーさんを自由にしてやってくれと、かれらと話しました。

今回も、その話を進めるために、マチアスの家へ行ったのです。

もちろん、かれらは、うんとは、いいません。ぎゃくに、ぼくに向かって、けんかを売ってくるしまつです。」

「夕べ、あなたは、いつ井戸の家に行きました？」

「午後十時すぎです。」

「われわれが調べたところ、ゴルヌ男爵*1の証言や、雪の上の足あとからして、マチアス氏が井戸の家に帰ったのは、午後十一時十五分くらい

なのですがね。」

「ぼくは、うそなど、いっていません。神にちかって、ほんとうです。」

ジェロームは、しんけんな顔で答えました。

「まあ、いいでしょう。それできのうは、どんな話をしたのですか。」

巡査部長は、目をぎょろっとさせながらたずねました。

「ぼくが調べたところ、マチアスは、あちこちからお金をかりていて、＊2破産す

＊1証言…言葉で、体験した事実を話すこと。
＊2破産…財産をすっかりなくすこと。

る一歩手前でした。」

　すると、ナタリーが、弱々しい声でいいました。

「はい。それはほんとうですわ。貯金も、まったくありません。夫の父のゴルヌ男爵といっしょに、生命保険に入っていましたが、その支払いにも、こまっていたくらいです。」

　ジェローム は、力づけるようにナタリーの手をにぎり、話をつづけました。

「――それで、ぼくは、マチアスにいいました。

『井戸の家と土地を、六万フラン*で買いとるから、あなたはナタリーさんとわかれて、アメリカへはたらきに行ってくれ。』

　マチアスは、にやりとしました。

『だったら、十二万フランくれ。それなら、おまえのいうようにしよう。』

『今、六万フランをわたして、あなたがナタリーさんと離婚し、アメリカに行ったら、のこりの六万フランをそちらに送るが、どうだい。』

ぼくがそういうと、かれは大よろこびして、

『わかった。そうするぜ。ナタリーはお前にやるから、金をよこせ。』

といい、さっそく手を出してきたんです。」

「で、六万フランもの大金を、その場でかれに、わたしたのですか。」

「ええ。ナタリーさんをすくうためには、現金を用意するしかないと思い、大金ですが、用意しました。」

じっと話を聞いていたレニーヌ公爵が、手を軽く上げました。

「ちょっと失礼します。ジェロームくん、きみとマチアスの取り決めで

＊フラン…フランは、以前フランスで使われていたお金の単位。六万フランは、今のお金でおよそ六千万円。

すが、口約束だけですか。それとも、契約書を作りましたか。」

青年は、うなずきました。

「もちろん、契約書を作りました。でも、それがきっかけで、もめたんです。」

「どういうことですか。」

「六万フランの札束をわたすと、マチアスは、契約書をいきなりやぶきました。かれは、はじめから、約束を守る気などなかったのです。それでいいあいになり、さらに、はげしい取っ組み合いになってしまいました。

そのとき、ピストルを落としたようです。なくなったことに、あとで気づきました。」

「やぶるなんて、ひどい！」

オルスタンスは、いかりのあまり、声を上げました。

「それから、どうなりましたか。」

巡査部長が、しぶい表情でたずねます。

「ぼくは、なんとかマチアスを組みふせました。もちろん、決して、殺してはいません。それで、急いで二階へ行って、ナタリーさんに声をかけましたが、返事がありません。ドアをやぶり、中に入ると、かのじょは気をうしなっていました。」

ナタリーは、一同を見回して、うなずきました。

「そして、ぼくは井戸の家のうら口から、外に出ました。果樹園を通ると、近道ですからね。ぼくは、ナタリーさんを背おって、雪の上を歩き、なんとか城へ帰りつきました。

かのじょをベッドにねかせ、かいほうして、気づかせました。ナタリーさんはびっくりしながらも、何があったかを話してくれました。『もう、マチアスのところには、ぜったいに帰りたくありません。』と、ナタリーさんがいうので、相談して、かのじょを、マルセイユへつれていくことにしたのですよ。

そして、けさ、二人でこの町まで来たのですが、駅のホームで、警官につかまったというわけです。」

ジェロームは、不満そうにいいました。

6 レニーヌ公爵の推理

バンカルディ巡査部長は、ナタリーのほうへ顔を向けました。

「ナタリーさん。ジェロームさんの今の話は、ほんとうですな。」

ナタリーは、おずおずとうなずきました。

「え、ええ……わたしのおぼえているかぎり、そのままですわ。」

「ジェロームさんが井戸の家に来たのは、何時でしたか。」

「……十時すぎです。」

「それから、何がありましたか。」

「マチアスは、ジェロームさんを家に入れますと、『おまえは、上へ、行ってろ！』と、わたしに向かって、大声を出しました。わたしはこわくなって、二階の寝室へ行き、かぎをかけて、ベッドにもぐりこみました。マチアスはおこると、とてもおそろしい人だからです。そのうちに、下でけんかが始まり、物がたおれるような音がして……。二人のはげしい、いいあいも聞こえました。わたしは、こわくなり、ただふるえていました。そのあとのことは、何もおぼえていません……。」

「気をうしなったのですね。」

「はい……気づいたら、ビニャル家の城におりました。」

「もう、だいじょうぶですから。」

と、オルスタンスはふるえているナタリーに、やさしく声をかけました。

しかし、巡査部長の声は、つめたいままでした。

「ジェロームさん。あなたは、自分が無実[*1]だといいますが、これまでに見つかった証拠からすると、たいへん不利ですぞ。ナタリーさんも、かんじんなことは何も見ていないし、おぼえていない。つまり、あなたは、マチアス殺しのいちばんの容疑者[*2]に、かわりはないのです。」

すると、レニーヌ公爵が、しずかな口調でたずねました。

「ナタリーさん。マチアス氏が、ゴルヌ男爵の家から帰ってきたとき、かれは酒によっていましたか。」

ナタリーは、首をふりました。

*1無実…事実がないこと。ここでは、罪がないこと。
*2容疑者…罪をおかしたのではないかという、うたがいのある人。

「いいえ。まったく、よっていませんでした。」

「マチアスは、何時に帰ってきたのですか。」

「そうですわね……九時半ごろでしたわ。」

それを聞いて、レニーヌ公爵は、満足そうにうなずきました。

一方、巡査部長は、とまどっています。

「それは、おかしい。だったら、なぜマチアスの足あとが、外の雪の上にのこっているのですかな。九時半だと、ふりつもった雪で、それは消えてしまったはずですよ。」

オルスタンスも、わけがわからなくなり、

「だれかがうそをいっているか、これまでの推理の何かが、まちがっているんだわ。」

と、首をかしげると、レニーヌ公爵は、ほほえみました。

「そう。オルスタンスのいうとおりです。まちがっていることがあるのです。そして、まちがっているのは――〝足あと〟なのです。」

その自信にみちた言葉を聞いて、オルスタンスはうれしくなりました。

（レニーヌさんは、きっと、なぞを解いたんだわ。）

レニーヌ公爵は、みんなの顔を見回しました。

「ジェロームくんは、無実です。それを証明し、真実を明らかにするためにも、ぼくの推理をお話ししましょう。

まず、考えるべきことがあります。この事件が、殺人事件かどうか、ということです。」

「なんですって。つまり、マチアスは、生きているというのですかな。」

*面くらって、巡査部長は、ききかえしました。
「ええ、生きていますよ。雪の上のあとや、銃声などは、すべてマチアスのしわざで、ぼくたちは、まんまとだまされたのです。」
「つまり、ジェロームさんを、殺人犯に仕立てあげようとしたのね。」
と、オルスタンスは、いかりに声を上げました。

*面くらう……とつぜんのことで、あわてる。おどろいて、とまどう。

ジェロームとナタリーは、手をにぎりあい、じっとレニーヌ公爵たちの話を聞いています。

レニーヌ公爵はオルスタンスに向かってうなずいてから、しずかに話をつづけました。

「マチアスは、ジェロームくんに殺人の罪をきせて、刑務所にぶちこもうと考えたのです。マチアスは、この青年をにくんでいますからね。」

「ですが、そんなことをすれば、アメリカに行ったあとで、のこりの六万フランをもらえなくなりますよ。」

「ええ、でも、マチアスが亡くなったことになれば、それよりももっと、親子はもうかるのです。ナタリーさんがさきほどいっていましたが、かれら親子は、生命保険をかけていました。マチアスが殺されたとい

うことになれば、父親のゴルヌ男爵が保険金を受けとる仕組みです。それをあとで、二人で山分けするつもりでした。」

巡査部長は、おどろきのあまり、目を丸くしています。

「な、なるほど――すると、井戸の家でのさわぎすべてが、マチアスとゴルヌ男爵の仕組んだことだったのですな。」

「そうです。マチアスはわざとけんかに負けて、気ぜつしたふりをしました。ジェロームくんが、ナタリーさんをつれて出ていってから、ふくろに毛布か何か重い物を入れて、井戸まで引きずっていきました。

そして、手に入れたジェロームくんのピストルを、三発うち、投げすてると、もう一度ふくろを引きずって、雪の上にある自分の足あとを消しながら、うら口へもどりました。

そうやって、自分が殺され、井戸に投げすてられたと見せかけたわけですね。マチアスは、じつに悪知恵がはたらく男ですよ。」

「ふくろを引きずったあとも、ほんとうは、ぎゃくの向きについたものだったのね。」

と、オルスタンスが、はっとしたようにいいました。

「そう。じっくり調べたら、ちがいがわかったかもしれないが、ぼくらは、ジェロームくんとナタリーさんの行方を追うのに必死で、だまされてしまったんだよ。」

「しかし、マチアスが、井戸の家を出ていった足あとは、ありませんでしたよ。あったのは、帰ってきた足あとだけですぞ。」

と、巡査部長が、ひげの先をさわりながら、レニーヌ公爵にいいました。

「ええ。そこが、今回の事件の大切なところなのです。マチアスの帰ってきた足あとも、じつは、トリックでした。真実は――。あれは、出かける足あとだったのです。」

「なんですと⁉」

「ええっ⁉」

巡査部長にオルスタンス、そして、その場にいたみんなが、心のそこからびっくりしました。

レニーヌ公爵は、しんけんな顔で、説明をつづけました。

「わかってみれば、かんたんなことです。

のこっていた足あとは、マチアス氏が、後ろ向きになって雪の上を歩いたものです。ですから、よっぱらったみたいに、右や左に曲がっていたのです。

じっさいにやってみてください。ほら、後ろ向きだと、まっすぐに歩くことはむずかしい。雪の上では、なおさらです。」

「むむ。たしかに、そうだ。ゴルヌ男爵が、むすこが酒でよっていたといったので、それにもだまされたぞ。」

巡査部長が、うなるようにいいました。

「まだ、マチアスは、父親の家にかくれているのかしら。」

オルスタンスが、そういうと、レニーヌ公爵は、きっぱりと首をふりました。

「マチアスは、もう、あそこにはいないよ。」

それを聞いて、巡査部長が身を乗りだすようにして、たずねました。

「じゃあ、やつは、どこにいるんですかな。」

「けさ、ぼくらは、ゴルヌ男爵が、＊ほろ馬車で出かけようとするのを見ましたよね。

＊ほろ…雨や日光などをふせぐために、車などにかけて、おおうカバー。ここでは、馬車にかけてある。

あの荷台のほろの下に、マチアスは息をひそめて、かくれていたのでしょうね。」

「となり町の市場へ行くとか、いっていましたが。」

「あれは、真っ赤なうそですよ。」

そういって、レニーヌ公爵は、ナタリーを見ました。

「ナタリーさん。ゴルヌ男爵親子が入っている保険会社は、どこにあるか、ごぞんじですか。」

「はい、パリです。」

かのじょは、はっきりと答えました。

それを聞いたレニーヌ公爵は、満足そうにうなずきました。

「巡査部長。かれらの行き場所は、パリです。

保険の手続きをして、大金をものにする。それからマチアスは、パリから港へ行き、どこか外国へにげるつもりでしょう。」

「ええい！　すぐにパリとすべての港の警察にれんらくを入れ、つかまえてもらうぞ。」

「まだ間に合うと思いますよ――。」

レニーヌ公爵がいいおわらないうちに、顔を真っ赤にした巡査部長は、部屋をとびだしました。

レニーヌ公爵は、にっこりわらい、ジェロームとナタリーに話しかけました。

「さあ、もうだいじょうぶですよ、ジェロームくん。きみへのうたがいは、晴れました。そして、ナタリーさん。近いうちに、ゴルヌ男爵とマチアスは警察につかまり、刑務所に入れられるでしょう。そうなれば、あなたは、完全に自由になれるのです。」

「ありがとう、レニーヌ公爵。」

「ありがとうございます、レニーヌ公爵さま。」

ジェロームとナタリーは、口々に礼をいいました。

二人が十分にうれしそうだったので、オルスタンスも、思わずほほえみました。

（レニーヌさんて、なんて頭がいいのかしら。今回もまた、むずかしい事件のなぞを、見事に解いてしまったわ。）

その夜。ゴルヌ男爵とマチアスは、パリに着いた列車をおりたところで、警察につかまりました。

ゴルヌ男爵はふてくされ、一言も口をききませんが、むすこのマチアスは、いやいやながらも、おかした罪をすべて打ちあけたそうです。

何もかも、レニーヌ公爵が、推理したとおりだったという、バンカルディ巡査部長のれんらくに、オルスタンスは、にっこりわらいました。

「レニーヌさん、これで、ナタリーさんは幸せになれるのね。」
「こまっている女性を助けることができて、ぼくもうれしいよ。」
レニーヌ公爵も、ほがらかな笑顔になりました。

エピローグ

——もうすぐ春休みです。

（そろそろ、レニーヌさんと、次の冒険があるかしら。）

オルスタンスがそう思っているところへ、ちょうど、レニーヌ公爵からの手紙がとどきました。オルスタンスが、便せんを取りだすと——。

オルスタンスへ

またきみと探偵旅行へ出かけたいのだけれど、あいにく、本業がいそがしくなってしまいました。落ちついたらむかえに行くので、助手

をたのみますね。そうそう、むずかしいなぞを推理するときにも役立つので、学校の勉強は、しっかりとやってください。

レニーヌ公爵

Arsène Lupin

（アルセーヌ・ルパン）

（まあ、このサインは、アルセーヌ・ルパン!?）

オルスタンスは何度も何度も、そのサインを見返しました。

うれしくて仕方のないオルスタンスは、その夜、レニーヌ公爵の手紙をだきしめながら、ベッドに入りました。

かのじょの寝顔は、幸せそうに、ほほえんでいました……。

（「雪の上の足あと」おわり）

「少女オルスタンスの冒険」について

編著・二階堂黎人

フランスの作家、モーリス・ルブランが生みだした、怪盗アルセーヌ・ルパンは、天才的などろぼうで、どんな場所へでもしのびこみ、どんなに警官たちが見はっていても、かならず、ほしいものをぬすんでしまいます。

そのうえ、ルパンは変装の名人です。化粧や、かつらなどの小道具を使って、ときには、ダイエットで体格もかえて、いろいろな人に化けます。政治家に老人、外国人——と、ルパンの冒険談の中には、かれが変装した別人のすがたがたくさん出てきます。

この「少女オルスタンスの冒険」という物語では、ルパンは、レニーヌ公爵という貴族に化けているようです。しかも、この人物は、探偵を趣味としているのでした。

オルスタンスは、十二歳の少女です。両親を亡くして、さびしい思いをしていましたが、レニーヌ公爵が助けてくれます。そして、かれといっしょに探偵の旅に出て、そこで、次々に、ふしぎな事件に出会います。

この物語の原作は、ルパン・シリーズの『八点鐘』（一九二三年）という短編集です。それには、八つの事件が入っており、その中からわたしは、とびっきりおもしろい二つの短編を、読者のみなさんが楽しめるように訳してみました。

「砂浜の密室事件」の原題は「テレーズとジェルメーヌ」といい、砂浜にある着がえ小屋の中で、男の人が死んでいるのが見つかります。しかしふしぎなことに、砂の上にのこった足あとは、男の人のものだけで、犯人の足あとがありません。

「雪の上の足あと」は、雪のふりつもった家で殺人事件が起きたようなのですが、のこされた足あとをたどっていくことで、真犯人にたどりつけるのでしょうか。

この本では、物語をわかりやすくするために、一部、登場人物の設定やエピソードをかえています。いつか、ぜひ原作も読んでみてください。

もっと もっと
お話を読みたい子に…

10歳までに読みたい世界名作 シリーズ

ISBN978-4-05-204190-7

ここでも読める！ ルパンのお話

怪盗 アルセーヌ・ルパン

大金持ちから盗みをはたらくが、弱い人は助ける怪盗紳士、アルセーヌ・ルパン。あざやかなトリックで、次々に世界中の人をびっくりさせる事件を起こす！

プロローグ

そのドからあらわれたのは、ぜんぜんちがう黒っぽい色のかみの毛。それどころか、顔つきまでが、すっかりかわっていました。青年の顔は、ちょっと見たぐらいではわからない自然さで、けしょうがほどこされ、まるで別人に見えるようになっていました。服の下には、しかけをするなどして、体つきまでかえてあります。けれども、目つきだけは、かえることはできませんでした。そこをガニマール警部に見やぶられてしまったのです。

「わかった、わかりましたよ、ガニマール警部。たしかに、ぼくはアルセーヌ・ルパンです。こうさんしますから、その手をゆるめてくださいよ。」

21

Episode 01 怪盗ルパン対悪魔男爵

古城に住む男爵に届けられた、盗みの予告状。差出人は、刑務所にいるはずのアルセーヌ・ルパン！ ろう屋の中のルパンが、どうやって美術品を盗むというのか!?

Episode 02 怪盗ルパンゆうゆう脱獄

「裁判には出ない」といいはなち、ろう屋からの脱走を予告するルパン。そしてルパンの裁判の日、たくさんの人の前にあらわれた男は、まったくの別人だった!?

囚人馬車は、橋をわたると、そのままサン・ミッシェル通りを進んでいきます。やがて、サンジェルマン大通りとの交差点まで来たとき、急に馬車が止まってしまいました。

近くで乗合馬車を引いていた馬がたおれてしまい、そのせいで交通がストップしたのです。まさに、絶好のチャンスでした。

ルパンはさらに鉄板のすきまをおしひろげると、そこからようすをうかがったあと、あざやかな身のこなしで馬車の外に出ました。

114

全2作品
＋
物語ナビ付き

お話がよくわかる！
『物語ナビ』が大人気

カラーイラストで、
登場人物や
お話のことが、
すらすら頭に入ります。

ISBN978-4-05-204062-7

こっちもおもしろい！ ホームズのお話

名探偵 シャーロック・ホームズ

世界一の名探偵ホームズが、とびぬけた推理力で、だれも解決できないおかしな事件にいどむ！ くりだされるなぞ解きと、犯人との対決がスリル満点。

事件File 01 まだらのひも

ホームズの部屋へ来た女の人が話した、おそろしい出来事。夜中の口笛、決して開かないまど、ふたごの姉が死ぬ前に口にした言葉「まだらのひも」とは何か……!?

しばらくしてから、ホームズがたずねました。

「はい……。あまりおかしな死に方だというので、いろいろ調べてくださったのですが、姉の部屋は、まどもドアも内側からかぎがかかって、だれも出入りができませんでしたし、何より、なぜ死んだかが、わからなかったのです。」

「お姉さんは、ねまきを着ておられましたか。それとも起きているときの服でしたか？」

「ねまきを着ていました。手にはマッチのもえさしを持っておりました。」

「ふーむ。ということは、ねていたときに、何かに気づいて、それをたしかめようとしてマッチをつけたんでしょうね。」

ホームズがいいました。そのあとにつづけて、

「お姉さんは、たしかに『まだらのひも』とさけんだのですね。」

「はい。英語で『スペックルド・バンド』と、はっきりと。」

ヘレンがいったとき、ぼくはふと思いついたことがあって、口をはさみました。

このつぎ なに読む？

10歳までに読みたい世界名作 シリーズ

大好評発売中！

赤毛のアン

トム・ソーヤの冒険

オズのまほうつかい

ガリバー旅行記

若草物語

名探偵 シャーロック・ホームズ

小公女セーラ

シートン動物記「オオカミ王ロボ」

アルプスの少女ハイジ

西遊記

ふしぎの国のアリス

怪盗 アルセーヌ・ルパン

ひみつの花園

宝島

あしながおじさん

アラビアンナイト シンドバッドの冒険

少女ポリアンナ

ロビンソン・クルーソー

フランダースの犬

岩くつ王

家なき子

三銃士

王子とこじき

海底二万マイル

編著　**二階堂黎人**（にかいどう　れいと）

1959年東京都生まれ。90年、第１回鮎川哲也賞で『吸血の家』が佳作入選。92年、『地獄の奇術師』（講談社）でデビュー。推理小説を中心にして、名探偵二階堂蘭子を主人公にした『人狼城の恐怖』四部作（講談社）、水乃サトルを主人公にした『智天使の不思議』（光文社）、ボクちゃんこと6歳の幼稚園児が探偵として活躍する『ドアの向こう側』（双葉社）など、著書多数。大学時代に手塚治虫ファンクラブの会長を務め、手塚治虫の評伝『僕らが愛した手塚治虫』シリーズ（小学館）も発表している。

絵　**清瀬のどか**（きよせ　のどか）

漫画家・イラストレーター。代表作に『鋼殻のレギオス MISSING MAIL』『FINAL FANTASY XI LANDS END』（ともにKADOKAWA）、『学研まんがNEW日本の歴史04-武士の世の中へ-』『10歳までに読みたい世界名作12巻 怪盗アルセーヌ・ルパン』（ともに学研）など。

原作者

モーリス・ルブラン

1864年、フランスのルーアンに生まれた、推理、冒険小説家。
1905年に「怪盗ルパン」シリーズを出し、世界中の人々に読まれるベストセラーとなる。

10歳までに読みたい名作ミステリー

怪盗アルセーヌ・ルパン
少女オルスタンスの冒険

2016年12月27日　第１刷発行
2024年７月18日　第７刷発行

原作／モーリス・ルブラン
編著／二階堂黎人
絵／清瀬のどか
デザイン／佐藤友美・藤井絵梨佳（株式会社昭通）

発行人／土屋徹
編集人／芳賀靖彦
企画編集／松山明代　石尾圭一郎　永渕大河
編集協力／勝家順子　入澤宣幸　上埜真紀子
ＤＴＰ／株式会社アド・クレール
発行所／株式会社Gakken
〒141-8416 東京都品川区西五反田2-11-8
印刷所／株式会社広済堂ネクスト

この本に関する各種お問い合わせ先
●本の内容については、下記サイトのお問い合わせフォームよりお願いします。
https://www.corp-gakken.co.jp/contact/
●在庫については　Tel 03-6431-1197（販売部）
●不良品（落丁、乱丁）については　Tel 0570-000577
学研業務センター
〒354-0045　埼玉県入間郡三芳町上富279-1
●上記以外のお問い合わせは
Tel 0570-056-710（学研グループ総合案内）

NDC900　170P　21cm

物語を読んで、
想像のつばさを
大きく羽ばたかせよう！
読書の幅を
どんどん広げよう！

シリーズキャラクター
「名作くん」

「10歳までに読みたい名作ミステリー
怪盗アルセーヌ・ルパン」シリーズ
ルパン-⑤も読んだら、
ひとつの言葉になるのだよ。
ちょうせんしたまえ。